LIBRAIRIE ACADÉMIQUE

DIDIER & CIE

PARIS

35, QUAI DES AUGUSTINS, 35

1864

DISCOURS ACADÉMIQUES.

Discours de MM. Berryer et de Salvandy à l'Académie française, le 22 février 1855. In-8 de 80 pages. 1 fr.

Discours de MM. Sylvestre de Sacy et de Salvandy à l'Académie française, le 28 juin 1855. In-8 de 64 pages. 1 fr.

Discours de MM. le duc de Broglie et Désiré Nisard à l'Académie française, le 3 avril 1856. In-8 de 60 pages. 1 fr.

Discours de MM. Biot et Guizot à l'Académie française, le 5 février 1857. In-8 de 64 pages. 1 fr.

Discours de MM. le comte de Falloux et Brifaut à l'Académie française, le 26 mars 1857. In-8 de 44 pages. 1 fr.

Discours de MM. de Laprade et Vitet à l'Académie française le 17 mars 1859 In-8 de 48 pages. 1 fr.

Discours de MM. J. Sandeau et Vitet à l'Académie française, le 26 mai 1859. In-8 de 44 pages. 1 fr.

Discours de MM. Villemain et Guizot à l'Académie française (séance annuelle du 25 août 1859). In-8. 1 fr.

Discours de M. Guizot à l'Académie française, en réponse au discours prononcé par M. Lacordaire, dans la séance du 24 janvier 1861. 50 c.

Discours de MM. le prince de Broglie et Saint-Marc-Girardin à l'Académie française, le 26 février 1863. In-8. 1 fr

Éloge de M. Horace Vernet, par M. Beulé, prononcé à l'Académie des Beaux-Arts, le 3 octobre 1863. In-8. 1 fr.

Réponse de M. Ingres au rapport sur l'École des Beaux-Arts adressé à M. le maréchal Vaillant. In-8. 50 c.

Le Décret du 15 novembre et l'Académie des Beaux-Arts. Examen des critiques, suivi des pièces officielles par M. Ernest Chesneau. Br. in 8 2 fr.

Rapport de M. le comte de Nieuwerkerke sur les travaux de remaniement et d'accroissement réalisés depuis 1849 dans les musées Impériaux, suivi d'un relevé sommaire des objets d'art entrés dans les Collections de 1849 à 1863. In-8. 2 50

CATALOGUE

PAR ORDRE ALPHABÉTIQUE.

HISTOIRE — LITTÉRATURE — PHILOSOPHIE

ÉDITIONS IN-8°

AMPÈRE (J. J.).

La Grèce, Rome et Dante, études littéraires d'après nature, 3e édit. 1 vol. in-8. 7 »

OCTAVE D'ASSAILLY.

Les Chevaliers-Poëtes de l'Allemagne (*Minnesinger*). 1 vol. in-8. 5 »

BABOU (HIPP.).

Les Amoureux de Madame de Sévigné, LES FEMMES VERTUEUSES DU GRAND SIÈCLE, etc., 1 vol. in-8. 7 »

BARANTE.

Vie politique de M. Royer-Collard. 2 vol. in-8. 14 »

Vie de Mathieu Molé, etc. 2e édit. 1 vol. in-8. 7 »

Histoire du Directoire de la République française, *complément de l'Histoire de la Convention*, 3 vol. in-8 cavalier. 21 »

Études historiques et biographiques. 2 vol. in-8. 14 »

Études littéraires et historiques. 2 vol. in-8. 14 »

Pensées et Réflexions morales et politiques de M. de FICQUELMONT, précédé d'une Notice par M. de Barante, 1 vol. in-8. 7 »

Schiller. *Œuvres dramatiques*, trad. par M. de Barante. 3 vol. in-8. 15 »

BARTHÉLEMY (ED. DE).

Galerie des Portraits de Mademoiselle. Nouv. édition, avec notes et Introduct., par M. ED. DE BARTHÉLEMY, 1 vol. in-8. 7 »

BASTARD D'ESTANG.

Les Parlements de France. Essai historique sur leurs usages, leur organisation et leur autorité. 2 forts vol. in-8. 15 »

BAUDRILLART.

Publicistes modernes. 1 vol. in-8. 7 »

BAUTAIN (L'ABBÉ).

La Conscience, ou la Règle des actions humaines. 1 vol. in-8. 7 »

BERSOT (ERN.)

Essais de Philosophie et de Morale. 2 vol. in-8. 12 »

BERTAULD.

La Liberté civile. Nouvelles études sur les publicistes contemporains. 1 vol. in-8. 7 »

Philosophie politique de l'histoire de France. — 1 vol. in-8. 6 »

BLAMPIGNON.

Étude sur Malebranche, d'après des documents inédits. (*Ouv. couronné par l'Académie française*). 1 vol. in-8. 4 »

J.-F. BOISSONADE.

Critique littéraire sous le 1er empire, publiée par F. COLINCAMP, précédée d'une notice par M. NAUDET, de l'Institut. 2 très-forts vol. in-8, avec portrait. 16 »

ÉMILE DE BONNECHOSE.

Histoire d'Angleterre, depuis les temps les plus reculés jusqu'à l'époque de la Révolution française, avec un résumé chronolog. des événements jusqu'à nos jours. 4 vol. in-8. 28 »

L'Académie française a décerné, pour la première fois, à cet ouvrage, le prix triennal fondé par M. Halphen pour le livre le plus remarquable au point de vue historique ou littéraire et le plus digne au point de vue moral.

Histoire de France, continuée jusqu'à la fin de 1848. 2 très-forts vol. in-8. 12 »

LE DUC DE BROGLIE.

Écrits et Discours. Philosophie, littérature, discours et éloges, 3 vol. in-8. 18 »

ALBERT DE BROGLIE.

L'Église et l'Empire Romain au IVe siècle. — 2 Parties. 1re Partie : Règne de Constantin. 3e édit. 2 vol. in-8. 14 »
- 2me Partie : Constance et Julien l'Apostat. 2e édition. 2 vol. in-8. 14 »

Le prince de Broglie et Dom Guéranger, par M. Marty. In-8. 1 »

CARNÉ (L. DE).

Les Fondateurs de l'Unité française. — Suger. — Saint Louis. — Du Guesclin. — Jeanne d'Arc — Louis XI. — Henri IV. — Richelieu. — Mazarin. — *Études historiques*. 2 vol. in-8. 14 »

La Monarchie Française au XVIIIe siècle. Études hist. sur les règnes de Louis XIV et de Louis XV. 1 vol. in-8. 7 »

L'Histoire du Gouvernement représentatif en France (Études sur), de 1789 à 1848. (*Ouvrage couronné par l'Académie française*.) 2 vol. in-8. 14 »

Dr CASELLI

La Réalité, ou accord du spiritualisme avec les principes et les faits et incompatibilité des autres systèmes philosophiques avec la Réalité. 1 vol. in-8. 6 »

Dr CASTLE.

Phrénologie spiritualiste. Nouvelles études de psychologie appliquée. 1 vol. in-8, fig. 7 »

CHAMPAGNY (Cte FR. DE)

Les Césars. — Histoire des Césars jusqu'à Néron. 3 v. in-8. 18 »
Les Antonins. — Suite des Césars. 3 volumes in-8. 18 »

CHASSANG.

Apollonius de Tyane. Sa vie, ses voyages, ses prodiges, par Philostrate, et ses lettres, trad. du grec. 1 vol. in-8. 7 »

Histoire du Roman dans l'antiquité grecque et latine et de ses rapports avec l'histoire. (*Ouvrage couronné par l'Académie des Inscriptions et Belles-Lettres*). 1 vol. in-8. 7 »

PIERRE CLÉMENT.

Enguerrand de Marigny, *Beaune de Semblançay*, *le Chevalier de Rohan*. Épisodes de l'hist. de France. 2e édit. 1 vol. in-8. 7 »

Jacques Cœur et Charles VII, ou la France au XVe siècle. (*Ouvrage couronné par l'Académie française*.) 2 vol. in-8. 12 »

F. COMBES.

La Princesse des Ursins. — Essai sur sa vie et son caractère politique. 1 vol. in-8. 7 »

V. COUSIN.

Études sur les Femmes illustres et la société du XVIIe siècle, 8 vol. in-8. 56 »

— **La Société française au XVIIe siècle**, d'après le *Grand Cyrus*, roman de Mlle de Scudéry, 2 beaux vol. in-8. 14 »

— **Jacqueline Pascal**. — 4e édit. 1 vol. in-8, avec fac-simile. 7 »

— **Madame de Hautefort**. — *Études sur les femmes illustres*, etc. 1 vol. in-8, orné d'un portrait. 7 »

— **Madame de Chevreuse**. *Nouvelles études*, etc., 2e édition revue et augmentée. 1 vol. in-8, orné d'un portrait. 7 »

— **La jeunesse de Mme de Longueville**. — *Études*, etc. 4e édit, 1 beau vol. in-8 orné de deux jolis portraits. 7 »

— **Madame de Longueville pendant la Fronde** (de 1651 à 1653). 1 vol in-8. 7 »

— **Madame de Sablé**. — *Études*, etc. 2e édit. 1 vol. in-8. 7 »

Études Littéraires 2 vol. in-8 qui se vendent séparément :

— **Études sur Pascal**. 1 vol in-8 7 »

— **Fragments et Souvenirs littéraires**. 1 vol. in-8. 7 »

Premiers Essais de Philosophie. (Cours de 1815.) Nouv. édit. refondue, 1 vol. in-8. 6 »

Introduction à l'Histoire de la Philosophie. (Cours de 1828.) Nouvelle édition entièrement revue. 1 vol. in-8. 6 »

Histoire générale de la Philosophie, depuis les temps les plus anciens jusqu'à la fin du XVIIIe siècle. 1 vol. in-8. 7 »

Philosophie de Locke. (Cours de 1830.) Nouvelle édition entièrement revue. 1 vol. in-8. 6 »

Du Vrai, du Beau et du Bien, 10e édit. 1 beau vol. in-8 avec un portrait de M. Cousin. 7 »

COURDAVEAUX.

Du Beau dans la Nature et dans l'Art. In-8. 3 75

Entretiens d'Épictète, recueillis par Arrien, trad. nouv. et complète. 1 vol. in 8. 7 »

DANTE.

La Divine Comédie. Traduite avec Introd. et notes, par LA MENNAIS, accomp. du texte italien, 2 vol. in-8. 14 »

CH. DE BROSSES.

Le Président de Brosses en Italie, ou Lettres familières écrites d'Italie par Ch. de Brosses. 2e édition *authentique*, revue sur les manuscrits, avec une notice par M. R. Colomb. 2 vol. in-8. 12 »

E. J. DELÉCLUZE.

Louis David. Son école et son temps. Souvenirs. 1 vol. in-8. 6 »

S. DELORME.

Les Hommes d'Homère Essai sur les mœurs de la Grèce aux temps héroïques. 1 vol. in-8. 6

F. DELTOUR.

Les Ennemis de Racine au XVIIe siècle. (*Ouvrage couronné par l'Académie française*.) 1 vol. in-8. 5

ERNEST DESJARDINS.

Le grand Corneille historien. 1 vol. in-8. 5

Alésia. 7e *campagne de J. César*. Résumé du débat, etc., avec notes inédites de NAPOLÉON Ier, etc. 1 vol. in-8. 5

CH. DESMAZE.

Le Châtelet de Paris. Son organisation, ses priviléges, etc. 1 volume in 8. 7 »

CH. DREYSS.

Mémoires de Louis XIV POUR L'INSTRUCTION DU DAUPHIN. 1re édition complète, avec une étude et des notes. 2 v. in-8. 14 »

J. DROMEL.

La Loi des Révolutions.—1 vol. in-8. 7 »

FRÉD. DUBOIS D'AMIENS.

Éloges lus à l'Académie de Médecine.—Pariset.—Broussais. Ant. Dubois.—Richerand.—Hallé.—Boyer —Orfila.—Desormeaux.—Capuron.—Deneux.—Baudelocque.—Récamier.—Roux.—Magendie.—Gueneau de Mussy.—Geoffroy-Saint-Hilaire.—A. Richard.—Chomel.—Thénard.—Chervin. 2 vol. in-8. 14 »

DUBOIS GUCHAN.

Tacite et son siècle, ou la société romaine impériale, d'Auguste aux Antonins. 2 beaux vol. in-8. 15 »

DU CELLIER.

Histoire des Classes laborieuses en France, depuis la conquête de la Gaule par Jules César. 1 vol. in-8. 7 »

F. G. EICHHOFF

Tableau de la Littérature du Nord, AU MOYEN AGE, en Allemagne, en Angleterre, en Scandinavie et en Slavonie. *Nouvelle édition* revue et augmentée. 1 vol. in-8. 6 »

G. EYRIÈS.

Simart, statuaire; sa vie et son œuvre. 1 v. in-8, avec portr. 6 »

FALLOUX (Cte DE).

Correspondance du R. P. Lacordaire et de Madame Swetchine, publiée par M. de Falloux. 1 fort vol. in-8. 7 50

Madame Swetchine. Journal de sa conversion, méditations et prières, publiées par M. de Falloux. 1 vol. in-8. 7 50

Lettres de Madame Swetchine, publiées par M. de Falloux. 2 vol. in-8. 15 »

Madame Swetchine. Sa vie et ses pensées, publiées par M. de Falloux. 4e édition. 2 vol. in-8. 15 »

FEILLET.

La Misère au temps de la Fronde et saint Vincent de Paul, ou un chapitre de l'histoire du paupérisme. 1 vol. in-8. 7 »

J. FERRARI.

Histoire des Révolutions d'Italie, ou Guelfes et Gibelins. 4 vol. in-8. 24 »

FEUGÈRE.

Caractères et Portraits littéraires du XVIe siècle. 2 v. in-8. 14 »

Les Femmes poëtes du XVIe siècle, étude suivie de notices sur Mlle de Gournay, d'Urfé, Montluc, etc. 1 vol. in-8. 7 »

GALITZIN (LE PRINCE AUG.)

La Russie au XVIIIe siècle. Mémoires inédits sur les règnes de Pierre le grand, etc. 1 vol. in-8. 7 »

GEFFROY.

Lettres inédites de Mme des Ursins, avec une introduction et des notes. 1 vol. in-8. 7 »

GÉRUZEZ.

Histoire de la Littérature française depuis ses origines jusqu'à la Révolution. (*Ouvrage couronné par l'Académie française. Prix Gobert.*) 3e édit. 2 vol. in-8. 14 »

GERMOND DE LAVIGNE.

Le Don Quichotte de Fernandez Avellaneda, nouvellement trad. de l'espagnol et annoté. 1 vol. in-8. 6 »

SAINT-MARC GIRARDIN.

Tableau de la Littérature française au XVIe siècle, suivi d'études sur la littérature du moyen âge et de la renaissance. 1 vol. in 8. 7 »

F. GODEFROY.

Lexique comparé de la langue de Corneille et de la langue du XVIIe siècle, en général. (*Ouvrage couronné par l'Académie française.*) 2 vol. in-8. 15 »

GUADET.

Les Girondins, leur vie politique et privée, leur proscription, leur mort. 2 vol. in-8. 12 »

MAURICE ET EUGÉNIE DE GUÉRIN.

Maurice de Guérin — Journal, Lettres et Fragments, publiés par M. G. S. Trebutien, avec une étude par M. Sainte-Beuve. Nouv. édit. 1 vol. in-8. 7 »

Eugénie de Guérin — Journal et Lettres, publiés par M. G. S. Trebutien. (*Ouvrage couronné par l'Académie française*). Nouv. édition. 1 volume in-8. 7 »

GUIZOT.

Sir Robert Peel. — Étude d'histoire contemporaine, accompagnée de fragments des Mémoires de Robert Peel. 2e édit. 1 vol. in-8. 7 »

Histoire de la Révolution d'Angleterre, depuis l'avénement de Charles Ier jusqu'à la mort de R. Cromwell (1625-1660). 6 vol. in-8, en 3 parties. 42 »

— **Histoire de Charles Ier**, depuis son avénement jusqu'à sa mort (1625-1649); précédée d'un *Discours sur la Révolution d'Angleterre*. 8e édit. 2 vol. in 8. 14 »

— **Histoire de la République d'Angleterre et de Cromwell.** (1649-1658). 2e édit. 2 vol. in-8. 14 »

— **Histoire du protectorat de Richard Cromwell,** et du *Rétablissement des Stuarts* (1659-1660). 2 vol. in-8. 14 »

Études sur l'Histoire de la Révolution d'Angleterre, 2 vol. in-8:

— **Monk. Chute de la République,** étude historique. Nouv. édit. 1 vol. in-8, portrait. 6 »

— **Portraits politiques** des hommes des divers partis : *Parlementaires, Cavaliers, Républicains, Niveleurs*. Études historiques. Nouv. édit. 1 vol. in-8. 6 »

Essais sur l'Histoire de France. 10e édition revue et corrigée. 1 vol. in-8. 7 »

GUIZOT (SUITE.)

Histoire des origines du gouvernement représentatif en Europe, depuis la chute de l'empire romain jusqu'au XIVe siècle. (*Cours d'Histoire moderne de* 1820 à 1822.) Nouvelle édition revue et corrigée. 2 vol. in-8. 10 »

Histoire de la civilisation en Europe et en France, depuis la chute de l'empire romain jusqu'à la Révolution française. Nouv. édition revue et corrigée. 5 beaux vol. in-8. 30 »

—**Histoire de la civilisation en Europe**. Nouv. édition. 1 vol. in-8. 6 »

—**Histoire de la civilisation en France**. Nouv. édition revue et corrigée. 4 vol. in-8. 24 »

Discours académiques, suivis des discours prononcés pour la distribution des prix au Concours général et devant div. sociétés, et de trois Essais littéraires. 1 vol. in-8. 1861. 6 »

Corneille et son temps Etude littéraire: 1° *Etat de la Poésie en France avant Corneille*; — 2° *La vie et les œuvres de Corneille*; — 3° *Chapelain*, *Rotrou* et *Scarron*, etc. 1 vol. in-8. 5 »

Shakspeare et son temps. Étude littéraire. 1 vol. in-8. 5 »

Méditations et Études morales. Nouv. édit. 1 vol. in-8. 6 »

Études sur les beaux-arts en général. 3e édit. 1 vol. in-8. 6 »

Abailard et Héloïse, essai historique, par M. et Mme GUIZOT, suivi des *Lettres d'Abailard et d'Héloïse*, traduites par M Oddoul; nouv. édit. revue et corrigée. 1 vol. in-8. 6 »

De la Démocratie en France. (Janvier 1849), in-8 de 164 p. 2 50

Shakspeare. — **Œuvres complètes**. — Trad. de M. GUIZOT, entièrement refondue, avec une étude, des notices et des notes. 8 vol. in 8. 40 »

Histoire de Washington, par M. C. DE WITT, avec une introduction par M. GUIZOT, 2e édit. 1 vol. in-8, portr. et carte. 7 »

Washington, correspondance et écrits, traduits et mis en ordre par M. GUIZOT. 4 vol. in-8. 12 »

Dictionnaire universel des synonymes de la Langue française : GIRARD, BEAUZÉE, ROUBAUD, D'ALEMBERT, etc., augmenté d'un grand nombre de nouveaux synonymes, par M. GUIZOT; 6e édit. entièrement refondue. 1 vol. gr. in-8. 13 »

L'introduction de cet ouvrage est autorisée dans les établissements d'instruction publique, par décision de S. E. M. le Ministre de l'Instruction publique.

Grégoire de Tours et Frédégaire — HISTOIRE DES FRANCS ET CHRONIQUE, trad. de M. GUIZOT. Nouv. édition revue et augmentée de la *Géographie de Grégoire de Tours et de Frédégaire*, par M. ALFRED JACOBS. 2 forts vol. in-8, avec une carte spéciale de la Gaule mérovingienne. 14 »

Cet ouvrage est autorisé pour les écoles publiques par décision de S. Ex. M. le ministre de l'instruction publique.

GUILLAUME GUIZOT.

Ménandre. Étude historique et littéraire sur la Comédie et la Société grecques. (*Ouvrage couronné par l'Académie française.*) 1 vol in-8, avec portrait. 6 »

HERDER.

Histoire de la poésie des Hébreux, trad. de l'allemand par Mme de Carlowitz. (*Ouvrage couronné par l'Académie française.*) 1 vol. in-8. 6 »

JACQUINET.

Les Prédicateurs du XVIIe siècle avant Bossuet 1 vol. in-8. 6 »

JULES JANIN.

La Poésie et l'Eloquence à Rome au temps des Césars 1 vol. in-8. 7

JOUBERT.

Pensées, Essais et Maximes, suivis de sa correspondance, avec une notice, par M. P. de Raynal. 2 vol. in-8. 12 »

MARY LAFON.

Le Maréchal de Richelieu et Madame de Saint-Vincent. 1 vol in-8. 6 »

LÉON LAGRANGE.

Joseph Vernet ou la peinture au XVIIIe siècle, avec le texte des livres de raison et des pièces justificatives. 1 vol. in-8. 7 »

LA HARPE.

Lycée ou Cours de Littérature.—18 vol. in-8. 24 »

LAMENNAIS.

Dante—La Divine Comédie. Traduct. précédée d'une Introd., accomp. de notes et du texte italien. 2 vol. in-8. 14 »

Correspondance inédite. Nouv. édit. 2 vol. in-8. 14 »

VICTOR DE LA PRADE.

Questions d'art et de morale.— 1 vol. in-8. 7 »

LE COULTEUX DE CANTELEU.

Les Sectes et Sociétés secrètes politiques et religieuses 1 vol. in-8. 5 »

L'ABBÉ LE DIEU.

Mémoires et journal de l'abbé Le Dieu, sur la vie et les ouvrages de Bossuet, publiés, pour la première fois, sur les manuscrits autographes. 4 vol. in-8. 24 »

LÉLUT.

Physiologie de la pensée.—Recherche critique des rapports du corps à l'esprit. 2 vol. in-8. 14 »

LEMOINE (ALBERT).

L'Aliéné devant la Philosophie, la morale et la société. 1 vol. in-8. 7 »

LITTRÉ.

Histoire de la Langue française. — Etudes sur les origines, l'étymologie, la grammaire, les dialectes, la versification et les lettres au moyen âge. Nouv. édit. 2 vol. in-8. 14 »

CH. LIVET.

Précieux et Précieuses Caractères et mœurs du XVIIe siècle, 1 vol. in-8. 7 »

La Grammaire française et les Grammairiens du XVIe siècle (*Mention honorable de l'Acad. des Inscript.*) 1 fort vol. in-8 7 50

LOVE.

Le Spiritualisme rationnel.— 1 vol. in-8. 7 »

MARCOU.

Pellisson, étude sur sa vie et ses œuvres. (*Ouvrage couronné par l'Académie française.*) 1 vol. in-8. 7 »

MARTHA BECKER.

Le général Desaix. Étude historique. 1 vol. in-8, portrait. 6 »

MATTER.

Swedenborg. Étude sur sa vie et ses œuvres. 1 vol. in-8. 7 »

Saint Martin, *le Philosophe inconnu*. Sa vie et ses écrits. Son maître Martinez et leurs groupes. 1 vol. in-8. 7 »

ALFRED MAURY.

Les Académies d'autrefois. 2 parties :

— **L'ancienne Académie des Sciences**. 1 vol. in-8. 7 »

— **L'ancienne Académie des Inscriptions et Belles-Lettres**. 1 vol. in-8 7 »

Le Sommeil et les Rêves. Études psychologiques. 1 vol. in-8. 7 »

CH. MERCIER DE LACOMBE.

Henri IV et sa politique. (*Ouvrage couronné par l'Académie française. 2e Prix Gobert.*) 1 vol. in-8. 7 »

P. MERRUAU.

L'Égypte contemporaine. — De Méhemet-Ali à Saïd-Pacha; avec une lettre de M. F. de Lesseps. 1 vol. in-8. 6 »

MIGNET.

Éloges historiques, pour faire suite aux *Portraits et Notices*. 1 vol. in-8. 6 »

Portraits et notices HISTORIQUES ET LITTÉRAIRES, etc. Nouv. édit. augmentée. 2 vol. in-8. 10 »

Histoire de Marie Stuart. Nouv. édition. 2 vol. in-8 ornés d'un joli portrait. 12 »

Charles-Quint, SON ABDICATION, SON SÉJOUR ET SA MORT AU MONASTÈRE DE YUSTE. 5e édition revue et corrigée. 1 beau vol. in-8. 6 »

Histoire de la Révolution Française, depuis 1789 jusqu'en 1814. 8e édition. 2 vol. in-8. 12 »

LOUIS MOLAND.

Origines Littéraires de la France. Roman. Légende. Théâtres. Prédication, etc. 1 vol. in-8. 7 »

F. MONNIER.

Le chancelier d'Aguesseau, sa conduite et ses idées politiques, etc., avec des documents inédits et des ouvrages nouveaux du Chancelier. (*Ouvrage couronné par l'Académie française.*) 2e édit. augmentée. 1 vol. in-8. 7 »

C. DE MONTALEMBERT.

L'Église libre dans l'état libre. — Discours prononcés au congrès de Malines. 1 vol. in-8. 2 50

ERNEST MORET.

Quinze ans du règne de Louis XIV. 1700-1715. (*Ouvrage couronné par l'Académie française : 2e prix Gobert.*) 3 vol. in-8. 15 »

V. DE NOUVION.

Histoire du règne de Louis-Philippe Ier, roi des Français, (1830-1840). 4 vol. in-8. Prix du vol. 6 »

PELLISSON ET D'OLIVET.

Histoire de l'Académie française. Nouv. édition, avec une introduction, des notes et éclaircissements, par M. CH. LIVET. 2 gros vol. in-8. 14 »

AUG. POIRSON.

Histoire du règne de Henri IV. — Ouvrage qui a obtenu le grand prix Gobert en 1857 et en 1858.— 2e édit. considérablement augmentée. 4 vol. in-8. Les tomes I et II en vente. Prix du vol. 7 »

EUG. POUJADE.

Chrétiens et Turcs, scènes et souvenirs de la vie politique, militaire et religieuse en Orient. 1 fort vol. in-8. 6 »

M. RAYNAUD.

Les Médecins au temps de Molière. 1 vol. in-8. 7 »

RÉMUSAT (CH. DE).

Bacon. Sa vie, son temps et sa philosophie. 1 vol. in-8. 7 »

Saint Anselme de Cantorbéry. Tableau de la vie des couvents et de la lutte des deux pouvoirs au XIe siècle. 1 vol. in-8. 7 »

Abélard : Sa vie, sa philosophie et sa théologie. 2 vol. in-8. 14 »

L'Angleterre au XVIIIe siècle. Études et portraits. 2 vol. in-8. 14 »

Channing : Sa vie et ses œuvres, avec préface de M. DE RÉMUSAT. 1 vol. in-8. 7 »

ANT. RONDELET.

Du Spiritualisme en économie politique. (*Ouvrage couronné par l'Académie des sciences morales.*) 1 vol. in-8. 6 »

CAMILLE ROUSSET.

Histoire de Louvois et de son administration politique et militaire, 1re PARTIE. (*Ouvrage couronné par l'Académie française.* 1er Prix Gobert.) Nouv. édit. 2 vol. in-8. 14 »

Histoire de Louvois et de son administration. 2e PARTIE. 2 vol in-8. 14 »

X. ROUSSELOT.

Histoire de l'Évangile éternel, in-8 3 50

AMÉDÉE ROUX.

Montausier, sa vie et son temps (un misanthrope à la cour de Louis XIV) 1 vol. in-8. 6 »

S. DE SACY.

Variétés littéraires, morales et historiques. Nouv. édition. 2 vol. in 8. 14 »

J. BARTHÉLEMY SAINT-HILAIRE.

Le Bouddha et sa religion. Nouvelle édition. 1 vol. in-8. 7 »

E. SAISSET.

Précurseurs et Disciples de Descartes. Études d'histoire et de philosophie. 1 vol. in-8. 7 »

N. DE SALVANDY.

Histoire de la Pologne et du roi SOBIESKI. Nouv. édition revue. 2 vol. in-8. 14 »

Don Alonso, ou l'Espagne; histoire contemporaine. Nouv. édit. 2 vol. in-8. 14 »

La Révolution de 1830 et le parti révolutionnaire, ou Vingt mois et leurs résultats. Nouv. édit. 1 vol. in-8. 5 »

Discours de MM. Berryer et de Salvandy à l'Académie française. In-8. 1 »

Discours de MM. de Sacy et de Salvandy à l'Académie française. In-8. 1 »

F. DE SAULCY.

Histoire de l'Art Judaïque, d'après les textes sacrés et profanes. 1 vol. in-8. 7 »

Les campagnes de Jules César dans les Gaules. Études d'archéologie militaire. 1re Partie. 1 vol. in-8, fig. 7 »

SCHILLER.

Œuvres dramatiques. Trad. de M. DE BARANTE, entièrement revue, avec une étude, des notices et des notes. 3 vol. in-8. 15 »

SCHNITZLER.

La Russie en 1812. *Rostoptchine et Kutusov.* 1 vol. in-8. 7 »

SCLOPIS.

Histoire de la Législation italienne, traduite par M. Ch. Sclopis. 2 vol. in-8. 14 »

SHAKSPEARE.

Œuvres complètes.—Trad. de M. GUIZOT, entièrement refondue, avec une étude, des notices et des notes. 8 vol. in-8. 40 »

ALEX. SOREL

Le Couvent des Carmes et l'ancien Séminaire Saint-Sulpice *pendant la Terreur*. 1 vol. in-8, avec cinq planches. 7 »

AMÉDÉE THIERRY.

Tableau de l'Empire romain, depuis la fondation de Rome jusqu'à la fin du gouvernement impérial en Occident. 1 vol. in-8. 7 »

Récits de l'Histoire romaine au vᵉ siècle. 1 vol in-8. 7 »

Histoire d'Attila, de ses fils et de ses successeurs en Europe, etc. 2 vol. in-8. (*Sous presse*).

Histoire des Gaulois, depuis les temps les plus reculés jusqu'à la domination romaine. Nouv. édit. 2 vol. in-8. (*Sous presse.*)

THIERCELIN.

De l'Autorité et de la Liberté, in-8. 4 »

TISSOT.

Turgot. Sa vie, son administration, ses ouvrages. (*Ouvrage couronné par l'Académie des sciences morales.*) 1 vol. in-8. 7 »

H. DE LA VILLEMARQUÉ.

La Légende celtique *et la poésie des cloîtres* en Irlande, en Cambrie et en Bretagne. 1 vol. in-8. 7 »

Les Romans de la Table ronde *et les contes populaires des anciens Bretons.* Nouv. édit. 1 vol. in-8. 7 »

Myrdhinn ou l'enchanteur Merlin. Son histoire, ses œuvres, son influence. 1 vol in-8. 7 »

Les Bardes bretons. Poëmes du viᵉ siècle, trad. avec le texte en regard. Nouvelle édition. 1 vol. in-8, avec fac simile. 7 »

VILLEMAIN.

Œuvres de M. Villemain. Nouvelle édition revue et augmentée, 14 vol. in-8, papier vélin satiné. 87 »

Souvenirs contemporains *d'histoire et de littérature*, nouv. édit. (1re et 2e parties), 2 vol. in-8. 14 »

La République de Cicéron, traduite avec une introduction et des suppléments historiques. 1 vol. in-8. 7 »

Choix d'Études SUR LA LITTÉRATURE CONTEMPORAINE : *Rapports académiques*. Études sur *Chateaubriand*, *A. de Broglie*, *Nettement*, etc. 1 vol. in-8. 6 »

Cours de Littérature française, comprenant : *le Tableau de la Littérature au XVIIIe siècle* et le *Tableau de la Littérature au moyen âge*, nouv. édit. 6 vol. in-8. 36

—Tableau de la Littérature au XVIIIe siècle. 4 vol in-8. 24 »

—Tableau de la Littérature au moyen âge. 2 vol. in-8. 12 »

Tableau de l'éloquence chrétienne au IVe siècle, accompagné d'Études sur *le Polythéisme*, sur *l'empereur Julien*, sur *Symmaque*, etc. Nouvelle édition. 1 fort vol. in-8. 6 »

Discours et mélanges littéraires : *Éloges de Montaigne et de Montesquieu.—Notices sur Fénelon et sur Pascal.—Discours sur la critique.—Rapports et Discours académiques*. Nouv. édition. 1 vol. in-8. 6 »

Études de Littérature ancienne et étrangère : *Sur Hérodote.—Du poëme de Lucrèce.—Études sur Lucain, Cicéron, Tibère et Plutarque.—De la corruption des lettres romaines.—Essai sur les romans grecs.—Shakspeare; Milton; Wicherley; Young; Pope; Byron*. Nouv. édit. 1 vol in-8. 6 »

Études d'Histoire moderne : *Discours sur l'état de l'Europe au XVe siècle.—Lascaris.—Essai historique sur les Grecs depuis la conquête musulmane.—Vie du chancelier de L'Hôpital*. 1 vol. in-8. 6 »

VOLTAIRE.

Voltaire à Ferney. — Étude suivie de sa correspondance inédite avec la duchesse de Saxe-Gotha, de nouvelles lettres et de notes historiques inédites, publiées par MM. Ev. BAVOUX et A. FRANÇOIS. 1 vol. in-8. 7 »

Lettres inédites de Voltaire, précédées d'une *Étude* par M. SAINT-MARC GIRARDIN. 2e édition. 2 vol. in-8. 14 »

Voltaire et le président de Brosses. Correspondance inédite publiée avec notes, etc., par M. TH. FOISSET. 1 vol. in-8. 5 »

CORNELIS DE WITT.

Études sur l'histoire des États-Unis d'Amérique. 2 vol. in-8.

—Thomas Jefferson. Étude historique sur la démocratie américaine. 2e édit. 1 vol. in-8. orné d'un portrait. 7 »

—Histoire de Washington *et de la fondation de la République des États-Unis*, avec une Étude par M. GUIZOT. 3e édit. 1 vol. in-8, orné de portraits et d'une carte. 7 »

ZELLER.

Les Empereurs romains. — Caractères et Portraits historiques. 1 vol. in-8. 7 »

ÉDITIONS IN-12

ALAUX.

La Raison. Essai sur l'avenir de la philosophie. 1 vol. in-12. 3 50

J. J. AMPÈRE.

Littérature et Voyages, suivis de POÉSIES. 2 vol. in-12. 7 »
La Grèce, Rome et Dante, études littér. 3e édit. 1 vol. in-12. 3 50

H. BABOU.

Les Amoureux de Madame de Sévigné.—LES FEMMES VERTUEUSES DU GRAND SIÈCLE, etc., 2e édition. 1 vol. in-12. 3 50

BARANTE.

Histoire des Ducs de Bourgogne de la maison de Valois. Nouv. édition illustrée de vignettes. 8 vol. in-12. 24 »
Tableau littéraire du XVIIIe siècle. 1 vol. in-12. 3 50
Études historiques et biographiques. 2 vol. in-12. 7 »
Études littéraires et historiques. 2 vol. in-12. 7 »
Histoire de Jeanne d'Arc. *Édition populaire.* 1 vol. in-12. 1 25
Royer-Collard (Vie politique de M.) — Ses discours et ses écrits. Nouv. édit. 2 vol. in-12. 7 »

BAUDRILLART.

Publicistes modernes.—2e édit. 1 vol. in-12. 3 50

L'ABBÉ BAUTAIN.

La Conscience, ou la Règle des actions humaines. 1 vol. in-12. 3 50
Philosophie des lois au point de vue chrétien. 1 vol. in-12. 3 50

ERN. BERSOT.

Essais de Philosophie et de Morale. — 2 vol. in-12. 7 »

H. BONHOMME.

Madame de Maintenon et sa famille.—Lettres et documents inédits, avec notes, etc. 1 vol. in-12. 3 50

BOUCHITTÉ.

Le Poussin. Sa vie, son œuvre. (*Ouvrage couronné par l'Académie française.*) 2e édit. 1 vol. in-12. 3 50

BURGGRAEVE.

Le Livre de tout le monde sur la santé. Notions de physiologie et d'hygiène. 1 vol. in-12. 3 50

J. CAILLET.

L'Administration en France sous le cardinal de Richelieu. 2e édit. (*Ouvr. couronné par l'Acad. française.*) 2 vol. in-12. 7 »

CASS-ROBINE.

Odes d'Horace. Nouv. trad. avec texte et notes. 1 vol. in-12. 3 50

CASTLE.

Phrénologie spiritualiste. 2e édit. 1 vol. in-12. 3 50

CHASSANG.

Apollonius de Tyane, sa vie, ses voyages, ses prodiges, par PHILOSTRATE, trad. du grec, etc. 2e édit. 1 vol. in-12. 3 50
Histoire du Roman dans l'antiquité grecque et latine. (*Ouv. couronné par l'Ac. des Inscript.*) Nouv. édit. 1 vol. in-12. 3 50

CHESNEAU (ERNEST).

Les Chefs d'École —La peinture au XIXe siècle. 1 vol. in-12. 3 50
L'Art et les artistes modernes — France et Angleterre. 1 vol. in-12 3 50

V. COUSIN.

Jacqueline Pascal. Premières études, etc., 5e édit. 1 vol. in-12. 3 50
Madame de Chevreuse. 3e édit. 1 vol in-12. 3 50
Jeunesse de Mme de Longueville. 5e édit. 1 vol. in-12. 3 50
Premiers Essais de Philosophie. Nouv. édit. 1 vol. in-12. 3 50
Introduction à l'histoire de la Philosophie. 1 vol. in-12. 3 50
Histoire générale de la Philosophie. 1 vol. in-12. 3 50
Philosophie de Locke 5e édit. revue. 1 vol. in 12. 3 50
Du Vrai, du Beau et du Bien, 9e édit. 1 vol. in-12. 3 50
Fragments philosophiques 4 vol. in-12. 14 »
—Fragments de Philosophie ancienne : *Xénophane. Zénon Socrate. Platon. Eunape. Proclus. Olympiodore.* 1 vol. in-12. 3 50
—Fragments de Philosophie du moyen âge : *Abélard. G. de Champeaux Bernard de Chartres. St Anselme*, etc. 1 vol. in-12. 3 50
—Fragments de Philosophie moderne: *Descartes.—Malebranche —Spinoza.—Leibnitz. Le P. André*, etc. 1 vol. in-12. 3 50
—Fragments de Philosophie contemporaine : *D. Stewart. Buhle.—Tennemann.—Laromiguière.—De Gérando.—M. de Biran.* 1 vol. in-12. 3 50
Des Principes de la Révolution française et du gouvernement représentatif, suivi des *Discours politiques*. 1 vol. in-12. 3 50

PIERRE CLÉMENT.

Portraits historiques. *Suger, Sully, Novion. Grignan. d'Argenson. Law. Paris. M. d'Arnouville, Terray*, etc. 1 vol. in-12. 3 50
Enguerrand de Marigny, *Beaune de Semblançay, le Chevalier de Rohan.* Episodes de l'hist. de France. 2e édit. 1 vol. in-12. 3 50

L'ABBÉ COGNAT.

Traditionalisme et Rationalisme. Quelques pièces pour servir à l'histoire des controverses de ce temps. 1 vol. 3 50

Cte CLÉMENT DE RIS.

Critiques d'Art et de Littérature. 1 vol. in-12. 3 50

CH DE BROSSES.

Le Président de Brosses en Italie, ou Lettres familières écrites d'Italie. 2e édit revue par M R. Colomb. 2 vol. in-12. 7 »

CASIMIR DELAVIGNE.

Œuvres complètes comprenant le THÉATRE, les MESSÉNIENNES et les CHANTS SUR L'ITALIE. 4 vol. in-12. 14 »

E. J. DELÉCLUZE.

Louis David. Son école et son temps. Souvenirs. 1 vol. in-12. 3 50

DESJARDINS.

Le grand Corneille historien.— 2e édition. 1 vol. in-12. 3 50

FALLOUX (Cte DE).

Madame Swetchine. Journal de sa conversion. Méditations et prières. 2e édit. 1 vol. in-12. 3 50
Madame Swetchine Sa vie et ses Œuvres. Nouv. édit. 2 vol. 7 »
Lettres de Madame Swetchine.— 2e édition. 2 vol. in-12. 7 »
Louis XVI. 1 vol. in-12. 3 50
Histoire de saint Pie V, pape. 2 vol. in-12. 7 »

FEILLET.

La Misère au temps de la Fronde et saint Vincent de Paul. Nouv. édit. 1 vol. in-12. 3 50

FÉNELON.

Aventures de Télémaque, précédées d'une étude par M. VILLEMAIN. Nouv. édit. ornée de 24 vignettes. 1 vol in-12. 3 »

LÉON FEUGÈRE.

Caractères et Portraits littéraires du XVIe siècle. 2 vol. in-12. 7 »
Les Femmes poëtes du XVIe siècle, étude suivie de notices sur Mlle de Gournay, d'Urfé, Montluc, etc. 1 vol. in-12. 3 50

ED. FLEURY.

Saint-Just et la Terreur. Étude sur la Révolution. 2 vol. in-12. 6 »

VICTOR FOURNEL.

La Littérature indépendante et les Écrivains oubliés. Essais de critique et d'érudition sur le XVIIe siècle. 1 vol. in-12. 3 50

GALITZIN (LE PRINCE AUG.).

La Russie au XVIIIe siècle. Mémoires inédits sur les règnes de Pierre le Grand, Catherine Ire et Pierre II. Nouv. édit. 1 vol. in-12. 3 50

GERMOND DE LAVIGNE.

Le Don Quichotte de Fern. Avellaneda. Trad. 1 vol. in-12. 3 50

GERUZEZ.

Histoire de la Littérature française depuis ses origines jusqu'à la Révolution. (*Ouvrage couronné par l'Académie française. 1er prix Gobert.*) Nouv. édit. 2 vol. in-12. 7 »

SAINT-MARC GIRARDIN.

La Syrie en 1861. Condition des chrétiens en Orient. 1 v. in-12 3 50
Tableau de la Littérature française au XVIe siècle. 2e édit. 1 v. in-12. 3 50

ALPH. GRÜN.

Pensées des divers âges de la vie. 1 vol. in-12. 3 50

GUADET.

Les Girondins. Leur vie privée, leur vie publique, leur proscription, leur mort. 2e édit 2 vol. in-12. 7 »

MAURICE DE GUÉRIN.

Journal, lettres et fragments, avec une étude par M. Sainte-Beuve. Nouv. édit. 1 vol. in-12. 3 50

EUGÉNIE DE GUÉRIN.

Journal et lettres publ. par M. Trebutien. Nouv. éd. 1 v. in-12. 3 50
Étude sur Eugénie de Guérin, par M. Aug. Nicolas, in-12. » 60

GUIZOT.

Histoire de la Révolution d'Angleterre, depuis l'avénement de Charles Ier jusqu'au rétablissement des Stuarts (1625-1660). 6 vol. in-12, en trois parties. 21 »
— **Histoire de Charles Ier** (1625-1649), précédée d'un *Discours sur la Révolution d'Angleterre*. 8e édition. 2 vol. in-12. 7 »
— **Histoire de la République d'Angleterre et de Cromwell** (1649-1658). Nouvelle édition. 2 vol. in-12. 7 »
— **Histoire du protectorat de Richard Cromwell** et du rétablissement **des Stuarts** (1659-1660). 2 vol. in-12. 7 »
Monk. Chute de la République, etc. Étude historique. Nouv. édit. 1 vol. in-12. 3 50
Portraits politiques des hommes des divers partis : *Parlementaires, Cavaliers, Républicains, Niveleurs*. 1 vol. in-12. 3 50
Sir Robert Peel. Étude d'histoire contemporaine, augmentée de documents inédits. 1 vol. in-12. 3 50
Essais sur l'Histoire de France, etc. Nouv. édit. 1 vol. in-12. 3 50
Histoire de la civilisation en Europe et en France, depuis la chute de l'Empire romain, etc. 6e édit. 5 vol. in-12. 17 50
Histoire de la civilisation en Europe, 6e édit. 1 vol. in-12. 3 50

GUIZOT (SUITE).

Histoire des origines du Gouvernement représentatif *et des Institutions politiques de l'Europe*. Nouv. édition. 2 vol. in-12. 7 »

Corneille et son temps. Étude littéraire suivie d'un *Essai sur Chapelain, Rotrou* et *Scarron*, etc. 1 vol. in-12. 3 50

Méditations et Études morales sur *la Religion, la Philosophie, l'Éducation*, etc. Nouvelle édition. 1 vol. in-12. 3 50

Études sur les Beaux-Arts en général. *De l'État des beaux-arts en France et du Salon de* 1810, etc. Nouv. édit. 1 vol. in-12. 3 50

Discours académiques, suivis des *Discours prononcés au concours général de l'Université*, etc. 1 vol. in-12. 3 50

Abailard et Héloïse, essai historique, suivi des *Lettres d'Abailard et d'Héloïse*, etc.; nouv. édit. 1 vol. in-12. 3 50

Grégoire de Tours et Frédégaire. — *Histoire des Francs*, trad. nouv. augm. de la *Géographie*, etc., par M. Alf. Jacobs. 2 vol. in-12. 7 »

Histoire de Washington *et de la fondation de la République des États-Unis*, par M. C. de Witt, avec une étude par M. Guizot. 3e édition. 1 vol. in-12, avec carte. 3 50

GUILLAUME GUIZOT.

Ménandre. Étude sur la Comédie et la Société grecques (*Ouv. couronné par l'Académie française*.) 1 vol. in-12, portrait. 3 50

ALFRED JACOBS.

L'Afrique nouvelle. Récents voyages, etc., dans le continent noir. 1 vol in-12. 3 50

ARSÈNE HOUSSAYE.

Les Charmettes. Jean-Jacques Rousseau et Mme de Warens. 2e édit. 1 joli vol. in-12, avec portrait. 3 50

JOUBERT.

Pensées, précédées de sa Correspondance, d'une notice et de jugements littéraires par MM. Sainte-Beuve, Saint-Marc Girardin, de Sacy, Géruzez et Poitou. Nouv. édit. 2 v. in-12. 7 »

STANISLAS JULIEN.

Yu-Kiao-li, Les deux Cousines, roman chinois. Nouv. trad. 2 vol. in-12, 7 »

Les deux jeunes filles lettrées, roman chinois. 2 vol. in-12. 7 »

LAGRANGE.

Joseph Vernet et la Peinture au XVIIIe siècle, etc. 2e édit. 1 vol. in-12. 3 50

LAJOLAIS (Mlle DE).

Éducation des Femmes. (*Ouvrage couronné par l'Académie française*.) 2e édit. 1 vol. in-12. 3 »

LAMENNAIS.

Dante. — La Divine Comédie. Trad. avec introduction et notes. Nouv. édit. 2 vol. in-12. 7 »

LANNAU-ROLLAND.

Michel-Ange et Vittoria Colonna. Étude suiv. de la trad. complète des poésies de Michel-Ange. Nouv. édit. 1 vol. in-12. 3 50

V. DE LA PRADE.

Questions d'Art et de Morale. Nouv. édit. 1 vol. in-12. 3 50

LÉLUT.

Physiologie de la pensée. Recherche critique des rapports du corps à l'esprit. Nouv. édit. 2 vol. in-12. 7 »

ALBERT LEMOINE.

L'Ame et le Corps. Études de philosophie, etc. 1 vol. in-12. 3 50

J. LEVALLOIS.

Critique militante. Études de philosophie littéraire. 1 vol. in-12. 3 50

LITTRÉ.

Histoire de la Langue française. 3e édit. 2 vol. in-12. 7 »

CH. L. LIVET.

Précieux et Précieuses. Caractères et mœurs du XVIIe siècle. 2e édition. 1 vol. in-12. 3 50

MATHIEU.

Histoire des Miraculés et des Convulsionnaires de Saint-Médard, précédée de la vie du diacre Pâris, de Carré de Montgeron, etc. 1 vol. in-12. 3 50

MATTER.

Saint-Martin, *le philosophe inconnu*, etc. 2e édit. 1 vol. in-12. 3 50

Swedenborg, *sa vie, sa doctrine*, etc. 2e édit. 1 vol. in-12. 3 50

ALFRED MAURY.

Croyances et Légendes de l'antiquité. 2e édit. 1 vol. in-12. 3 50

La Magie et l'Astrologie dans l'antiquité et le moyen âge. 3e édit. 1 vol. in-12. 3 50

Le Sommeil et les Rêves. Études psychologiques. 2e édit. 1 vol. 3 50

CH. MERCIER DE LACOMBE.

Henri IV et sa politique. — *(Ouvrage couronné par l'Académie française.* 2e Prix Gobert.) 2e édit. 1 vol. in-12. 3 50

GUST. MERLET.

Réalistes et fantaisistes. Études morales et littéraires. 2e édit. 1 vol. in-12. 3 50

Portraits d'hier et d'aujourd'hui. *Attiques et Humoristes.* 1 vol. in-12. 3 50

MIGNET.

Charles-Quint, *son abdication, son séjour et sa mort au monastère de Yuste.* 5e édition. 1 vol. in-12. 3 50

Histoire de la Révolution française depuis 1789 jusqu'à 1814. 8e édit. 2 vol. in-12. 7 »

MOLAND (LOUIS).

Origines littéraires de la France. 2e édit. 1 vol. in-12. 3 50

MONTALEMBERT.

De l'avenir politique de l'Angleterre. 6e édit. augm. 1 vol. in-12. 3 50

MONTARAN (Mme DE).

Passiflores, poésies. 1 vol. in-12. 3 50

MOÜY (CH. DE).

Don Carlos et Philippe II. *(Ouvrage couronné par l'Académie française.* 1 vol. in-12. 3 50

NIGHTINGALE (MISS).

Des soins à donner aux malades, etc. Trad. de l'anglais, et précédé d'une lettre de M. Guizot et d'une introd. par le dr Daremberg. 1 vol. in-12. 3 »

F. NOURRISSON.

Portraits et Études. — Hist. et Philos. Nouv. édit. 1 v. in-12. 3 50

Tableau des progrès de la pensée humaine, depuis Thalès jusqu'à Leibniz. 1 vol. in-12. 3 50

Le cardinal de Bérulle. Sa vie, son temps, ses écrits. 1 vol. in-12. 3 »

J. D'ORTIGUE.

La musique à l'église. Philosophie, histoire, critique et littérature musicales. 1 vol. in-12. 3 50

C. PAGANEL.

Histoire de Scanderbeg, ou *Turks et Chrétiens au XVe siècle.* Nouv. éd. 1 vol. 3 50

Mme PENQUER.

Les Chants du Foyer. — Poésies. 3e édit. 1 vol. in-12. 3 50

PLUTARQUE.

Œuvres morales, trad. de Ricard. 5 vol. in-12. 17 50

PUYMAIGRE (TH. DE).

Les vieux Auteurs Castillans. 2 vol. in-12. 7 »

RAYNAUD.

Les médecins au temps de Molière. 2e édit. 1 vol. in-12. 3 50

RÉMUSAT (CH. DE).

Bacon. Sa vie, son temps et sa philosophie. 1 vol. in-12. 3 50

L'Angleterre au XVIIIe siècle. Études et Portraits pour servir à l'histoire politique de l'Angleterre. 2 vol. in-12. 7 »

Critiques et Études littéraires. Nouv. édit., 2 vol. in-12. 7 »

* * *

Channing. Sa vie et ses œuvres, avec préface de M. DE RÉMUSAT. 1 vol. in-12. 3 50

La Vie de village en Angleterre. 2e édit. 1 vol. in-12. 3 50

ROMAIN CORNUT.

Les Confessions de Madame de Lavallière, écrites par elle-même et corrigées par BOSSUET, etc., 2e édit. 1 vol. in-12. 3 50

ANT. RONDELET.

La morale de la richesse. 1 vol. in-12. 3 50

Du Spiritualisme en économie politique. (*Ouvrage couronné par l'Académie des sciences morales.*) 2e édition. 1 vol. in-12 3 50

Mémoires d'Antoine. — Notions populaires de morale et d'économie politique. (*Ouvrage couronné par l'Académie française*). Nouv. édit. 1 vol. in-12. 2 »

ROSELLY DE LORGUES.

Christophe Colomb. Histoire de sa vie et de ses voyages, etc. 2e édition revue et corrigée. 2 vol. in-12. 7 »

ROUSSET (CAMILLE).

Histoire de Louvois et de son administration politique et militaire (*ouv. couronné par l'Académie française.* Grand prix Gobert.) 2e édit. revue. 4 vol. in-12. 14 »

S. DE SACY.

Variétés littéraires, morales et historiques. Nouv. éd. 2 vol. 7 »

Mme DE SAINTE-AULAIRE.

La chanson d'Antioche, composée par Richard le pèlerin, au XIIe siècle, etc., traduite, avec notes. 1 vol. in-12. 3 50

BARTH. SAINT-HILAIRE.

Le Bouddha et sa Religion. Nouv. édit. augmentée. 1 vol. in-12. 3 50

SAISSET (EM.).

Précurseurs et Disciples de Descartes. 2e édit. 1 vol. in-12. 3 50

SALVANDY.

Don Alonso, ou l'Espagne. Histoire contemporaine. Nouv. édition. 2 vol. in-12. 7 »

SÉGUR.

Histoire universelle 8e éd. *Ouvr. adopté par l'Université.* 6 v. 18 »

—**Histoire ancienne.** Nouvelle édition. 2 vol. in-12. 6 »

—**Histoire romaine.** Nouvelle édition. 2 vol. in-12. 6 »

—**Histoire du Bas-Empire.** Nouv. édit. 2 vol. in-12. 6 »

Galerie Morale, avec notice par M. SAINTE-BEUVE. 1 vol. 3 »

SERVAN.

Conseils d'un père à son fils, 1 vol. in-12. 3 »

LE TASSE.

Jérusalem délivrée, trad. du P. Lebrun. 1 vol. in-12, orné de 20 jolies vignettes. 3 »

Mme AMABLE TASTU.

Poésies complètes. Poésies et chroniques de France. Nouv. édit. illustrée. 1 vol. in-12. 3 50

AMÉDÉE THIERRY.

Tableau de l'Empire Romain. Nouv. édit. 1 vol. in-12. 3 50

Récits de l'Histoire romaine au Ve siècle. Derniers temps de l'Empire d'Occident. Nouv. édit. 1 vol. in-12. 3 50

Histoire des Gaulois depuis les temps les plus reculés jusqu'à l'entière domination romaine. Nouv. édit. 2 vol. in-12. 7 »

Mme DE LA TOUR-DU-PIN.

Les Ancres brisées. Nouvelles. 1 vol. in-12. 3 »

VILLEMAIN.

La République de Cicéron, traduite avec une introduction et des suppléments historiques. 1 vol. in-12. 3 50

Choix d'Études SUR LA LITTÉRATURE CONTEMPORAINE : *Rapports académiques*, etc. 1 vol. in-12. 3 50

Cours de Littérature française, nouv. édit. 6 vol. in-12. 21 »

—**Tableau de la Littérature au XVIIIe siècle**. 4 vol. in-12. 14 »

—**Tableau de la Littérature au moyen âge**. 2 vol. in-12. 7 »

Tableau de l'Éloquence chrétienne au IVe siècle. Nouv. édition. 1 fort vol. in-12. 3 50

Discours et Mélanges Littéraires : *Éloges de Montaigne et de Montesquieu.—Sur Fénelon et sur Pascal.—Sur la Critique.—Rapports et Discours*. Nouv. édition. 1 vol. in-12. 3 50

Études de Littérature ancienne et étrangère : *Sur Hérodote.—Études sur Lucrèce, Lucain, Cicéron*, etc.—*De la corruption des lettres romaines.—Essai sur les romans grecs.—Shakspeare, Milton*, etc. Nouv. édit. 1 vol. in-12. 3 50

Études d'Histoire moderne : *Discours sur l'état de l'Europe au XVe siècle.—Lascaris.—Essai historique sur les Grecs.—Vie du chancelier de L'Hôpital*. Nouv. édit. 1 vol. in-12. 3 50

Souvenirs contemporains d'Hist. et de Littérat., 2 vol. in-12. 7 »

—1re Partie : **M. de Narbonne**, etc. Nouv. édit. 1 vol. in-12. 3 50

—2e Partie : **Les Cent-Jours**. Nouv. édit. 1 vol. in-12. 3 50

H. DE LA VILLEMARQUÉ.

L'Enchanteur Merlin (Myrdhinn). Son histoire, ses œuvres, son influence. Nouv. édit. 1 vol. in-12. 3 50

Les Romans de la Table ronde et les contes des anciens Bretons. Nouv. édit. 1 vol. in-12. 3 50

CORNELIS DE WITT.

Études sur l'Histoire des États-Unis d'Amérique. 2 vol. :

—**Histoire de Washington** *et de la fondation de la République des États-Unis*, par M. Cornelis de Witt, avec une étude par M. Guizot. Nouv. édit. 1 vol. in-12 avec carte. 3 50

—**Thomas Jefferson**. *Étude sur la démocratie américaine*. Nouv. édit. 1 vol. in-12. 3 50

ZELLER.

Les Empereurs romains. Caractères et portraits historiques. 2e édition. 1 vol in-12. 3 50

OUVRAGES ILLUSTRÉS GRAND IN-8°.

Mme TASTU.

Éducation maternelle. *Simples leçons d'une mère à ses enfants*, sur la lecture, l'écriture, l'arithmétique, la grammaire, la mémoire, la géographie, l'histoire sainte, etc. Nouvelle édition imprimée avec luxe, illust. de 500 jolies vignettes et cartes coloriées. 1 vol. gr. in-8, pap. jésus glacé. 15 »

FÉNELON.

Les Aventures de Télémaque et les Aventures d'Aristonoüs. Édition illustrée par Tony Johannot, Baron, Cél. Nanteuil, etc., accompagnée d'ÉTUDES, par MM. Villemain, S. de Sacy et J. Janin, et suivie d'un *Vocabulaire hist. et géogr.* 1 beau vol. gr. in-8, illustré de plus de 200 belles vign. 10 »

MICHELANT.

Faits mémorables de l'Histoire de France, recueillis d'après nos meilleurs historiens, et accompagnés d'une introduction par M. DE SÉGUR. 1 beau vol. grand in-8, illustré de 128 très-belles vignettes de V. Adam. 12 »

B. DELESSERT ET DE GÉRANDO.

Les Bons Exemples. NOUVELLE MORALE EN ACTION ILLUSTRÉE. Un beau vol. grand in-8, illustré de 120 belles vignettes de Jules David. 9 »

Traits de dévouement et de charité, belles actions, Biographies de la vertu chrétienne telles que saint Vincent de Paul, Howard, sœur Rosalie, Mme Fry, etc., etc., racontés par MM. Villemain, de Barante, de Tocqueville, de Noailles, de Salvandy, etc. (*Rapports des prix Montyon*), extraits des Recueils officiels, des Annales de la charité, de la Morale en action et autres livres arrangés et colligés par et sous la direction de MM. B. Delessert et de Gérando.

MICHEL MASSON.

Les Enfants célèbres. Histoire des Enfants qui se sont immortalisés par le malheur, la piété, le courage, le génie et les talents. Nouv. édit. 1 beau vol. grand in-8, illustré de très-jolies lithographies et de vignettes sur bois. 9 »

BERQUIN.

L'Ami des Enfants. Nouvelle édition complète. 1 vol. grand in-8, illustré de jolies lithographies et de vignettes. 8 »

Mme GUIZOT.

L'Amie des Enfants. PETIT COURS DE MORALE EN ACTION, comprenant tous les Contes de Mme GUIZOT. Nouv. édit. enrichie de *Moralités* en vers, par Mme ÉLISE MOREAU. 1 fort vol. gr in-8, illustré de belles lithographies. 9 »

L'Écolier ou Raoul et Victor. (*Ouvrage couronné par l'Académie française.*) Nouv. édit. 1 joli vol. grand in-8, illustré de belles lithographies. 9 »

PITRE-CHEVALIER.

La Bretagne ancienne depuis son origine jusqu'à sa réunion à la France. Nouv. édit. 1 beau vol. grand in-8, illustré par MM. A. Leleux, Penguilly et T. Johannot de plus de 200 belles vignettes sur bois, gravures sur acier, types et cartes coloriés. 15 »

La Bretagne moderne depuis sa réunion à la France jusqu'à nos jours. *Histoire des Etats et des Parlements, de la Révolution dans l'Ouest, des guerres de la Vendée*, etc., illustrée par MM. Leleux, Penguilly et T. Johannot. 1 beau vol. grand in-8, orné de plus de 200 vignettes sur bois, gravures sur acier, types et cartes coloriés. 15 »

La Suisse illustrée. Description et histoire, par MM. de Châteauvieux, Dubochet, Francini, Monnard, Meyer de Knonau, De Ruttimann, Schnell, Strohmeier, De Tscharner, Henry Zschokke, Busoni, etc.; *illustrée* de 32 jolies vues gravées sur acier et carte. 1 vol. gr. in-8. Nouv. édit. 10 »

—Le même ouvrage, en 2 vol. grand in-8, *illustrés* de 90 jolies vues gravées sur acier, costumes coloriés et cartes. 18 »

BERQUIN.

Œuvres complètes, renfermant l'*Ami des enfants et des adolescents*, le *Livre de famille*, *Sandford et Merton*, etc. 4 vol. in-8, format anglais, illustrés de 200 vignettes. 12 »

Chaque partie se vend séparément.

Mme ÉLISE MOREAU.

Une Vocation ou le Jeune Missionnaire. Ouvrage à l'usage de la jeunesse. 1 vol. in-8, orné de jolies lithog. 6 »

BUFFON.

Le Petit Buffon illustré. Histoire naturelle des *Quadrupèdes*, des *Oiseaux*, des *Insectes* et des *Poissons*, extraite de Buffon, Lacépède, Olivier, etc., par le bibliophile Jacob. 4 vol. grand in-32, ornés de 325 figures gravées sur acier. 6 »

—Le même, avec les 325 fig. coloriées avec soin. 10 »

ED. AUDOUIT.

Herbier des Demoiselles. Traité de la Botanique; etc., etc. 1 vol. in-8 anglais, *illustré* de 320 jolies vignettes coloriées. Nouv. édit. (*Sous presse.*).

Atlas de l'Herbier des Demoiselles, dessiné par Belaife, gravé et colorié avec soin. Joli album de 106 pl. in-4, renfermant plus de 350 sujets. 8 »

Mme AMABLE TASTU.

Le premier Livre de l'Enfance, Lecture et Ecriture. *Simples leçons d'une mère à ses enfants.* 1 vol. de 80 pages gr. in-8, illustré de plus de 100 vignettes, pap. vél. glacé, cartonné avec la couverture. 2 »

BIBLIOTHÈQUE D'ÉDUCATION MORALE.

Première série à 3 fr. le vol. broché.

Mme LA PRINCESSE DE BROGLIE.

Les Vertus chrétiennes. — Les Vertus théologales et les Commandements de Dieu. Ouv. approuvé par Mgr l'Archevêque de Paris. 2 vol. in-12, illustrés de lithographies et de vignettes.

Mme DE WITT NÉE GUIZOT.

Promenades d'une Mère ou les douze mois. 1 vol. in-12, orné de lithographies et de vignettes.

Les Petits Enfants, contes. 1 vol. in-12, orné de lithographies et vignettes.

Contes d'une mère à ses enfants. 1 vol. in-12, orné de lithographies et de vignettes.

Une famille à Paris. Scènes de la vie de jeunes filles. 1 vol. in-12, lithog. et vignettes.

Une Famille à la campagne. 1 vol. in-12, orné de lithographies et de vignettes.

Hélène et ses amies, histoire pour les jeunes filles, trad. de l'anglais. 1 vol. in-12, orné de lithog.

Mlle ULLIAC-TRÉMADEURE.

André ou LA PIERRE DE TOUCHE. (*Ouvrage couronné*). Nouv. édit. 1 joli vol. in-12, illustré de lithographies.

Contes de ma mère l'Oie. Nouv. édit. 1 joli vol. in-12, illustré de lithographies.

Scènes du monde réel. Nouvelles à l'usage des jeunes filles. 1 joli vol. in-12, orné de 4 lithographies.

Émilie, ou la JEUNE FILLE AUTEUR, ouvrage dédié aux jeunes personnes. 3e édit. 1 vol. in-12, orné de 4 jolies vignettes.

MICHEL MASSON.

Les Enfants célèbres, histoire des enfants qui se sont immortalisés par le malheur, la piété, le courage, le génie, etc. Nouv. édit. 1 vol. in-12, orné de lithog. et vignettes.

Mme GUILLON.

Cinq années de la vie des Jeunes Filles (*l'entrée dans le monde*). 1 joli vol. in-12.

Deuxième série à 2 fr. 50 c. le vol. broché.

Mme GUIZOT.

L'Écolier ou Raoul et Victor. (*Ouvrage couronné par l'Académie française*). 12e édition. 2 vol. in-12, 8 vignettes.

Une Famille, par Mme GUIZOT, ouvrage continué par Mme A. TASTU. 7e édition. 2 vol. in-12, 8 vignettes.

Les Enfants. Contes pour la jeunesse. 10e édit. 2 vol. in-12, 8 vignettes. 5 »

Nouveaux Contes pour la jeunesse. 9e édit. 2 vol. in-12, 8 vignettes. 5 »

Récréations morales. Contes pour la jeunesse. 10e édit. 1 vol. in-12, 4 vignettes. 2 50

Lettres de famille sur l'éducation. (*Ouvrage couronné par l'Académie française.*) 5e édition. 2 vol. in-12. 6 »

Mme F. RICHOMME.

Julien et Alphonse, ou le NOUVEAU MENTOR. (*Ouvrage couronné par l'Académie française.*) 1 vol. in-12, 6 lithographies. 2 50

Mlle C. DELEYRE.

Contes pour les enfants de 5 à 7 ans. Nouv. édit. revue par Mme F. RICHOMME. 1 vol. in-12, avec jolies lithographies. 2 50

Contes pour les enfants de 7 à 10 ans. Nouv. édit. revue par Mme F. RICHOMME. 1 vol. in-12, avec jolies lithographies. 2 50

Mlle ULLIAC-TRÉMADEURE.

Les jeunes Naturalistes. Entretiens familiers sur les *animaux*, les *végétaux* et les *minéraux*. 5e édit. 2 vol. in-12 ornés de 32 vignettes. 5 »

LE MÊME OUVRAGE, avec les vign. coloriées. 9 »

Claude, ou le GAGNE-PETIT (*ouvrage couronné par l'Académie française*). 2e édit. 1 vol. in-12, 4 vignettes. 2 50

Étienne et Valentin, ou MENSONGE ET PROBITÉ. (*Ouvrage couronné.*) 3e édit. 1 vol. in-12, 4 vignettes. 2 50

Contes aux jeunes naturalistes sur les animaux domestiques. 5e édit. 1 vol. in-12, 4 vignettes. 2 50

Mme A. TASTU.

Les Enfants de la vallée d'Andlau, notions familières sur la religion, la morale, les merveilles de la nature, etc., par Mmes VOÏART et A. TASTU. 2 vol. in-12, 8 vignettes. 5 »

Lettres choisies de Madame de Sévigné, avec son éloge, couronné par l'Académie française. 1 vol. in-12. 3 »

Lectures pour les jeunes Filles. Modèles de littérature en *prose* et en *vers*, extraits des écrivains modernes. 2 vol. in-12, 8 portraits. 5 »

Album poétique des jeunes personnes, ou choix de poésies extrait des meilleurs auteurs. 1 vol. in-12, 4 portraits. 2 50

Mme DELAFAYE-BRÉHIER.

Les Petits Béarnais. Leçons de morale. 12e édit. 2 vol. in-12, 8 vignettes. 5 »

Les Enfants de la Providence, ou AVENTURES DE TROIS ORPHELINS. 6e édition, revue par Mme F. RICHOMME. 2 vol. in-12, 8 vignettes. 5 »

Le Collége incendié, ou les ÉCOLIERS EN VOYAGE. 6e édit. 1 vol. in-12, 4 vignettes. 2 50

Mme ÉL. MOREAU GAGNE.

Voyages et aventures d'un jeune missionnaire en Océanie, etc. 1 vol. in-12 avec lithogr. 2 50

ERNEST FOUINET.

Souvenirs de Voyage en Suisse, en Grèce, en Espagne, etc. ou Récits du capitaine Kernoël, destinés à la jeunesse. 1 vol. in-12 avec 6 lithographies. 2 50

BERQUIN.

L'Ami des Enfants. Édition complète. 2 vol. in-12, avec 32 figures grav. sur acier. 5 »

Mme L. BERNARD.

Les Mythologies racontées à la jeunesse. 5e édition. 1 vol. in-12, orné de gravures d'après l'antique. 2 50

Mme DE GENLIS.

Les Veillées du Château, ou Leçons de morale à l'usage des enfants. Nouv. édit. 2 vol. in-12 avec vignettes. 6 »
Théâtre d'Éducation.—Nouv. édit. 2 vol. in-12, 8 vignettes. 6 »
Les Petits Émigrés.—Nouv. édit. 1 vol. in-12. 4 vignettes. 3 »

Mme DE DAX.

L'Amour et la Femme.— Nouv. édit. 1 vol. in-12. 2 »

Mme MENIER.

Heures de loisir. Fables contes et pensées. 1 vol. in-12. 3 »

VERGANI.

Grammaire italienne en 20 leçons, revue par Morretti, et augmentée par Brunetti. Nouv. édit. 1 vol. in-12. 1 50

ŒUVRE DE DAVID D'ANGERS.

Collection de 125 Portraits contemporains gravés par les procédés de M. Ach. Collas, d'après les médaillons du célèbre artiste. Chaque portrait séparément » 75

Portraits de Washington, de Napoléon Ier, de Louis-Philippe, gravés d'après les procédés de M. Ach. Collas. In-folio. Prix, chacun. 5 »

Bas-reliefs du Parthénon et du temple de Phigalie, disposés suivant l'ordre de la composition originale et gravés d'après les procédés de M. Ach. Collas. 1 joli album in-4 oblong, contenant 20 planches et un texte de 40 pages. par M. Ch. Lenormant, de l'Institut. 15 »

OUVRAGES DE NAPOLÉON LANDAIS
ET DE SES COLLABORATEURS.

Grand Dictionnaire général des Dictionnaires français, résumé de tous les dictionnaires, par N. Landais, 14e édit. revue et augmentée d'un *Complément* de 1200 pages. 2 vol. grand in-4 de 3000 pages. 40 »

Ce dictionnaire contient la nomenclature exacte des mots *usuels et académiques, archaïques* et *néologiques, artistiques, géographiques, historiques, industriels, scientifiques*, etc., *la conjugaison de tous les verbes irréguliers, la prononciation figurée des mots, les étymologies savantes, la solution de toutes les questions grammaticales*, etc.

Complément du grand Dictionnaire de Napoléon Landais, pour les onze premières éditions, par une société de savants sous la direction de MM. D. Chésurolles et L. Barré. 1 fort vol. in-4 de près de 1200 pages à 3 colonnes. 15 »

Grammaire générale des Grammaires françaises, présentant la solution de toutes les questions grammaticales, par Napoléon Landais, 7e édit. 1 vol. in-4 à 2 colonnes. 10 »

Petit Dictionnaire des Dictionnaires français, par Napoléon Landais. Ouvrage *entièrement refondu*, et offrant, sur un nouveau plan, la nomenclature complète, la prononciation nécessaire, la définition claire et précise, et l'*étymologie* vraie de tous les mots du vocabulaire usuel et littéraire, et de tous les termes scientifiques, artistiques et industriels de la langue française, par M. Chésurolles. 1 très-joli vol. in-32 de 600 pages. 2 »

Dictionnaire des Rimes françaises, disposé dans un ordre nouveau d'après la distinction des rimes en *suffisantes, riches* et *surabondantes*, etc., précédé d'un *Traité de Versification*, et, par N. Landais et L. Barré. 1 vol. in-32. 2 »

Petit Dictionnaire biographique des personnages célèbres de tous les temps et de tous les pays, *extrait du Dict. de Napoléon Landais*, par M. D Chésurolles. 1 fort vol. grand in-32 de 600 pages. 2 »

Dictionnaire classique de la Langue française, avec l'*étymologie* et la *prononciation figurée*, etc., contenant tous les mots du Dictionnaire de l'Académie et un grand nombre d'autres adoptés par l'usage. Nouv. édit. 1 vol. in-8. 3 »

Dictionnaire de tous les Verbes de la Langue française tant *réguliers qu'irréguliers*, entièrement conjugués, sous forme synoptique, précédé d'une théorie des verbes et d'un traité des participes, etc., d'après l'Académie, Lavaux, Trévoux, Boiste, Napoléon Landais et nos grands écrivains, par MM. Verlac et Litais de Gaux, professeur, membre de la Société grammaticale de Paris, etc. 1 beau vol. in-4. 10 »

Cet ouvrage embrassant, par ordre alphabétique, l'universalité des verbes français entièrement conjugués est un manuel vraiment pratique renfermant dans un seul volume la matière de vingt in-octavo ordinaires. A l'aide d'un mécanisme qui a toute la simplicité d'une table de multiplication, on peut conjuguer tous les verbes français, au nombre d'environ huit mille, en trois cents pages d'impression.

DICTIONNAIRE DE MÉDECINE USUELLE

A l'usage des gens du monde, des chefs de famille et des grands établissements, des administrateurs, des magistrats, des officiers de police judiciaire, et enfin de tous ceux qui se dévouent au soulagement des malades; avec une introduction servant d'exposé pour le plan de l'ouvrage et de guide pour son usage.

Par une société de Membres de l'Institut, de l'Académie de médecine, de Professeurs, de Médecins, d'Avocats, d'administrateurs et de Chirurgiens des hôpitaux dont les noms suivent: Andrieux, Andry, Blache, Blandin, Bouchardat, Bourgery, Caffe, Capitaine, Caron du Villard, Chevalier, Cloquet (J.) Colombat, Cottereau, Couverchel, Cullerier (A.), Deleau, Devergie, Donné, Falret, Fiard, Furnari, Gerdy, Gilet de Grammont, Gras (Albin), Guersent, Hardy, Larrey (H.), Lagasquie, Landouzy, Lélut, Leroy d'Etioles, Lesueur, Magendie, Marc, Marchessaux, Martins, Miquel, Olivier (d'Angers), Orfila, Paillard de Villeneuve, Pariset, Plisson, Poiseuille, Sanson (A.), Royer-Collard, Trébuchet, Toirac, Velpeau, Vée, etc. Publié sous la direction du docteur Baude, médecin-inspecteur des établissements d'eaux minérales, membre du Conseil de salubrité.

2 forts vol. in-4 à 2 colonnes. 30 »

Le Corps de l'Homme. Traité complet d'anatomie et de physiologie humaine, suivi d'un *Précis des systèmes de Lavater et de Gall*; à l'usage des gens du monde, des médecins et des élèves, par le docteur Gallet 4 vol. in-4. *illustrés* de plus de 400 figures lithographiées d'après nature. 90 »

—Le même ouvrage, avec les 400 figures coloriées avec le plus grand soin. 140 »

OUVRAGES DE M. ALLAN KARDEC.

Qu'est-ce que le Spiritisme? Introduction à la connaissance du monde invisible ou des Esprits 3e édit. 1 vol. in-12. » 75

Le Spiritisme à sa plus simple expression Exposé sommaire de l'Enseignement des Esprits, etc. In-12. » 15

Le Livre des Esprits, contenant : les principes de la doctrine spirite sur l'immortalité de l'âme, la nature des Esprits et leurs rapports avec les hommes; les lois morales; la vie présente, la vie future et l'avenir de l'humanité, selon l'enseignement donné par les Esprits. 11e édit. 1 fort vol. in-12. 3 50

Le Livre des Médiums, ou *Guide des Médiums et des Evocateurs*, contenant : l'enseignement spécial des Esprits sur la théorie de tous les genres de manifestations, les moyens de communiquer avec le monde invisible, etc. 7e édition. 1 fort vol. in-12. 3 50

Révélations du monde des Esprits. Dissertations spirites par J. Roze, médium. 3 vol. in-12. 6 »

Faits Spirites, par un capitaine, chev. de la légion d'honneur. 1 vol. in-12. 2 »

NOUVELLE COLLECTION DES MÉMOIRES RELATIFS A L'HISTOIRE DE FRANCE

Par MM. **Michaud et Poujoulat,**

Avec la collaboration de MM. Champollion, Bazin, Moreau, etc.

34 volumes grand in-8 jésus à 2 col., illustrés de plus de 100 portraits sur acier. Prix. 300 fr.

TOME I. — G. DE VILLEHARDOUIN. — H. DE VALENCIENNES. P. SARRAZIN. — SIRE DE JOINVILLE. — Sur le règne de saint Louis et les Croisades (1198-1270). | DU GUESCLIN. — Mémoires (13.. -1380). | CHRISTINE DE PISAN. — Le Livre des faits, etc., du roi Charles V (1336-1372).

TOME II. — CHARLES DE PISAN. — Le Livre des faits, 2e part. (1375-1380). | EXTRAITS DES CHRONIQUEURS, sur les règnes de Philippe le Hardi, etc., jusqu'à Jean II. | JEAN LE MAINGRE, dit BOUCICAUT (1368-1421). | JUV. DES URSINS (1380-1422). — P. DE FENIN (1407-1427). | ANONYME. — Journal d'un bourgeois de Paris sous Charles VI (1409-1422).

TOME III. — MÉMOIRES sur Jeanne d'Arc (1422-1429). | G. GRUEL. — Histoire d'Artus de Richemont (1413-1457). | ANONYME. — Journal d'un bourgeois de Paris sous Charles VII (1422-1449) | O. DE LA MARCHE. — J. DU CLERCQ (1435-1489).

TOME IV. — PH. DE COMINES. — Mém. (1464-1498). | JEAN DE TROYES. Chronique (1460-1483). | G. DE VILLENEUVE. — Mém (1494-1497). | J. BOUCHET. Panég. de la Tremouille (1460-1525). | LE LOYAL SERVITEUR. — Hist. du bon chevalier Bayard (1476-1524).

TOME V. — LA MARK, seign. de Fleurange. — Hist. des règnes de Louis XII et de François Ier (1499-1521). | LOUISE DE SAVOIE. — Journal (1476-1522) | MARTIN et G. DU BELLAY. — Mém. (1513-1547).

TOME VI. — F. DE LORRAINE, duc de Guise. — Mém (1547-1561). | L. DE BOURBON, prince de Condé (1559-1564). | A. DU PUGET. — Mémoires (1561-1596).

TOME VII. — B. DE MONTLUC — FR. DE RABUTIN. — Commentaires (1521-1574).

TOME VIII. — SAULX-TAVANNES. — Mémoires (1515-1595). | SALIGNAC. — Le siége de Metz (1552). | COLIGNY. — Le siége de St-Quentin (1557). | LA CHASTRE. — Mémoires du duc de Guise en Italie, etc. (1556-1557). | ROCHECHOUART. — A. GAMON. — J. PHILIPPI. — Mémoires (1497-1590).

TOME IX. — VIEILLEVILLE. Mém. (1527-1571). — CASTELNAU (1559-1570). — J. DE MERGEY (1554-1589.) — FR. DE LA NOUE (1562-1570).

TOME X. — B. DU VILLARDS. — Mémoires 1559-1569. — MARG. DE VALOIS. (1560-1582). — PH. DE CHEVERNY (1553-1582.) — PH. HURAULT, évêque de Chartres. (1590-1601).

TOME XI. — DUC DE BOUILLON — Mém. (1555-1586). — CH. DUC D'ANGOULÊME (1589-1593). — DE VILLEROY. — Mém. d'Etat (1581-1594). — J. A. DE THOU (1553-1601). | J. CHOISNIN. — Mémoires sur l'élection du roi de Pologne (1571-1573). | J. GILLOT, L. BOURGEOIS, DUBOIS. — Relations touchant la régence de Marie de Médicis, etc. | MATH. MERLE et ST.-AUBAN. — Mém. sur les guerres de religion (1572-1587). | M. DE MARILLAC et CLAUDE GROULARD. — Mém. et voyages en cour (1588-1600).

TOMES XII-XII. — P. V. PALMA-CAYET. — Chronol. novenaire (1589-1598). — Chronologie septénaire, etc. (1598-1604).

TOMES XIV-XV. — P. DE L'ESTOILE. — Registre-journal d'un curieux, etc. (1574-1589), publié d'après le manuscrit autographe *presque entièrement inédit*, par MM. Champollion. — Mémoire et journal (1589-1611).

TOMES XVI-XVII. — SULLY. — Mém. des sages et royales œconomies d'Estat, etc. (1570-1628). MARBAULT, secrétaire de Duplessis-Mornay. Remarques inédites sur les Mémoires de Sully.

TOME XVIII. — JEANNIN. Négociat. (1598-1609).

TOME XIX. — FONTENAY-MAREUIL (1600-1647). — PONTCHARTRAIN. Mém. (1610-1620). — M. DE MARILLAC. Relation exacte de la mort du maréchal d'Ancre. — ROHAN. Mém. sur la guerre de la Valteline, etc. (1610-1629).

TOME XX. — BASSOMPIERRE (1597-1610). — D'ESTRÉES (1610-1617). | TH. DU FOSSÉ. — Mém. de Pontis (1597-1652).

TOMES XXI-XXII. — CARDINAL DE RICHELIEU. — Mémoires (1600-1635).

TOME XXIII. — CARDINAL DE RICHELIEU. — Mém. et Testa. (1635-1638). | ARNAULD D'ANDILLY. — Mém. (1610-1656). | ABBÉ ANT. ARNAULD (1634-1675). | GASTON, duc d'Orléans (1608-1636). | DUCHESSE DE NEMOURS. — Mémoires.

TOME XXIV. — Mme DE MOTTEVILLE. — LE P. BERTHOD (1615-1666).

TOME XXV. — CARD. DE RETZ. — Mémoires (1648-1679).

TOME XXVI. — GUY JOLY. — Mém. (1648-1665). — CL. JOLY. — Mém. (1650-1655). — P. LENET. — Mém. (1627-1659).

TOME XXVII. — BRIENNE (1615-1616). — MONTRÉSOR (1632-1637). | FONTRAILLES. — Relation de la cour, pendant la faveur de M. de Cinq-Mars (1641). | LA CHATRE. — Mém. (1642-1643). — TURENNE. Mém. (1643-1659). — DUC D'YORK. — Mém. (1652-1659).

TOME XXVIII. — Mlle DE MONTPENSIER. — Mém. (1627-1686). | V. CONRART. — Mémoires 1652-1661).

TOME XXIX. — MONTGLAT. — Mém. sur la guerre entre la France et la maison d'Autriche (1635-1660). | LA ROCHEFOUCAULD. Mém. (1630-1652) | GOURVILLE. Mém. (1642-1698)

TOME XXX. — O. TALON. — Mémoires (1630-1653). — ABBÉ DE CHOISY (1644-1724).

TOME XXXI. — HENRY, duc de Guise. — Mém. (1647-1648). — GRAMONT. — Mém. (1604-1677). — GUICHE. — Relation du passage du Rhin. — DU PLESSIS. — Mém (1622-1671). — M. DE *** (de Brégy). — Mém. (1613-1690).

TOME XXXII. — LA PORTE. — Mém. (1624-1666). | CHEVALIER TEMPLE Mém. (1679). | Mme DE LA FAYETTE. — Hist. de Mme Henriette d'Angleterre. — Mém. de la cour de France (1688-1689) — LA FARE. Mém. (1661-1693). — BERWICK. — Mém. (1670-1734). — CAYLUS — Souvenirs. — TORCY. Mém. pour servir à l'histoire des négociations. (1697-1713).

TOME XXXIII. — VILLARS. Mém. (1672-1734). — FORBIN (1677-1710) — DUGUAY-TROUIN. Mém. (1689-1710).

TOME XXXIV. — DUC DE NOAILLES. — Mém. (1663-1756). — DUCLOS. — Mém. secrets, etc. (1710-1723). | Mme DE STAAL-DELAUNAY. — Mémoires.

TRÉSOR DE NUMISMATIQUE ET DE GLYPTIQUE

Recueil général des Médailles, Monnaies, Pierres gravées, Bas-reliefs, Ornements, etc.

TANT ANCIENS QUE MODERNES,

LES PLUS INTÉRESSANTS SOUS LE RAPPORT DE L'ART ET DE L'HISTOIRE

Gravé par les procédés de M. ACHILLE COLLAS,

SOUS LA DIRECTION DE

M. Paul Delaroche, Peintre, **M. Henriquel-Dupont**, Graveur,
Et **M. Charles Lenormant**, conservateur de la Bibliothèque, membre de l'Institut, etc.

Parties ou Volumes in-folio, comprenant plus de 1,000 planches accompagnées d'un texte historique et descriptif.

1260 fr.

Division des vingt Parties.

I.

Numismatique des Rois grecs . . . . 1 vol. avec 92 planches.
Nouvelle Galerie mythologique . . . . 1 vol. avec 52 planches.
Bas-reliefs du Parthénon, etc . . . . 1 vol. avec 16 planches.
Inconographie des Empereurs romains et de leurs familles. 1 vol. avec 62 planches.

II.

Histoire de l'Art monétaire chez les modernes . . . . . 1 vol. avec 56 planches.
Choix historique des Médailles des Papes . . . . 1 vol. avec 48 planches.
Recueil des Médailles italiennes, XVe et XVIe siècles. . . 2 vol. avec 84 planches.
Recueil des Médailles allemandes, XVIe et XVIIe siècles. 1 vol. avec 48 planches.
Sceaux des Rois et Reines d'Angleterre . . . . 1 vol. avec 30 planches.

III.

Sceaux des Rois et des Reines de France . . . . 1 vol. avec 28 planches.
Sceaux des grands feudataires de la couronne de France. 1 vol. avec 32 planches.
Sceaux des communes, communautés, évêques, barons et abbés . . . . 1 vol. avec 24 planches.
Histoire de France par les Médailles :
1o **de Charles VII à Henri IV** . . . . 1 vol. avec 68 planches.
2o **de Henri IV à Louis XIV** . . . . 1 vol. avec 36 planches.
3o **De Louis XIV à 1789** . . . . 1 vol. avec 56 planches.
4o **Révolution française** . . . . 1 vol. avec 96 planches.
5o **Empire français** . . . . 1 vol. avec 27 planches.

IV.

Recueil général de Bas-Reliefs et d'Ornements . . 1 vol. avec 100 planches.

LE NORD DE L'AFRIQUE

DANS L'ANTIQUITÉ GRECQUE ET ROMAINE

ÉTUDE HISTORIQUE ET GÉOGRAPHIQUE

PAR

M. VIVIEN DE SAINT-MARTIN

Ouvrage couronné en 1860 par l'Académie des Inscriptions et Belles-Lettres.

1 volume in-4° accompagné de 4 cartes
PRIX : 12 FRANCS.

OEUVRES COMPLÈTES

DE BARTOLOMEO

BORGHESI

Publiées par les ordres et aux frais de S. M. l'Empereur Napoléon III
Et par les soins d'une commission composée de

MM. *Léon Rénier*, *J.-B. de Rossi*, *N. Desvergers*, *Cavedoni*, *G. Henzen*, *Minervini*, *Ritschl*, *Rocchi* et *Ernest Desjardins*, secrétaire.

Les œuvres complètes de Borghesi formeront 5 séries :

1° Les **Œuvres numismatiques** en 2 vol. in-4.
2° Les **Fastes consulaires** en 2 vol. in-folio.
3° Les **Œuvres épigraphiques** qui formeront plusieurs vol. in-4.
4° La **Correspondance**, dont la plus grande partie est inédite et qui formera aussi plusieurs vol. in-4.
5° **L'Introduction**, comprenant la biographie et les œuvres littéraires de Borghesi.

Le premier volume des *Œuvres numismatiques* est en vente ; le 2ᵉ volume paraîtra prochainement.—Prix des 2 volumes : 40 fr.

LETTRES, INSTRUCTIONS ET MÉMOIRES

DE

COLBERT

Publiés par ordre de S. M. l'Empereur

PAR

M. PIERRE CLÉMENT

de l'Institut.

Tomes 1 et 2 en vente. - Prix : 28 francs.

JOURNAL DES SAVANTS

Composition du Bureau :

M. LE MINISTRE D'ÉTAT, *président.*

Assistants :

M. LEBRUN, de l'Académie française.
M. GIRAUD, de l'Académie des sciences morales.
M. NAUDET, de l'Académie des Inscript. et des sciences morales.
M. MÉRIMÉE, de l'Acad. française et des Inscript.

Auteurs :

M. V. COUSIN, de l'Acad. française et sc. morales.
M. CHEVREUL, de l'Académie des sciences.
M. LIOUVILLE, de l'Académie des sciences.
M. VILLEMAIN, de l'Académie française et des Inscriptions.
M. MAGNIN, de l'Académie des Inscriptions.
M. HASE, de l'Académie des Inscriptions.
M. FLOURENS, de l'Acad. française et des scienc.
M. PATIN, de l'Académie française.
M. MIGNET, de l'Acad. franç. et des sc. morales.
M. L. VITET, de l'Acad française et des Inscript.
M. B. SAINT-HILAIRE, de l'Acad. des sciences m.
M. LITTRÉ, de l'Académie des Inscriptions.

CONDITIONS DE L'ABONNEMENT.

Le *Journal des Savants* paraît chaque mois par cahiers de 8 feuilles in-4o. Le prix de l'abonnement est de 36 francs par an pour Paris, et de 40 francs pour les départements.

REVUE ARCHÉOLOGIQUE

OU

RECUEIL DE DOCUMENTS ET DE MÉMOIRES RELATIFS A L'ÉTUDE DES MONUMENTS, A LA NUMISMATIQUE ET A LA PHILOLOGIE

DE L'ANTIQUITÉ ET DU MOYEN AGE

Publiés par **MM. le vicomte de Rougé, de Longpérier, F. de Saulcy, Alf. Maury, le duc de Luynes, Léon Rénier, Brunet de Presle, Miller, Egger, Beulé,** *Membres de l'Institut;*
Viollet-le-Duc, *Architecte du Gouvernement;*
le général Creuly, Alex. Bertrand, Chabouillet, *de la Société des antiquaires de France;*
Aug. Mariette, Deveria, *Conservateurs du Musée du Louvre;*
Vallet de Viriville, *prof. à l'École des Chartes;* **Perrot, Heuzey,** *de l'École d'Athènes, etc.*
Et les principaux archéologues français et étrangers.

NOUVELLE SÉRIE. — CINQUIÈME ANNÉE.

Mode et conditions de l'Abonnement:

La *Revue archéologique* paraît chaque mois par cahiers de 64 à 80 pages grand in-8o, qui forment, à la fin de chaque année, deux volumes ornés de planches gravées sur acier et de gravures sur bois intercalées dans le texte. Indépendamment de la table des matières du semestre, une table alphabétique, destinée à faciliter les recherches, termine chaque année.

PRIX : Pour Paris : Un an, **25** fr.—Six mois, **14** fr.
Pour les départements : Un an, **27** fr.—Six mois, **15** fr.

Les quatre premières années (formant 8 vol.) de la nouv. série, coûtent chacune 25 fr. (*Franco.*)

ADMINISTRATION ET BUREAUX D'ABONNEMENT :

Librairie académique DIDIER et Ce, quai des Augustins, 35, Paris.

OUVRAGES SOUS PRESSE.

WHYTE MELVILLE, traduit par **BERNARD DE ROSNE**. —**Les Gladiateurs**, ou **Rome et Judée**. Roman antique. 2 vol. in-8.

BUNSEN. — **Dieu dans l'histoire**, trad. par M. Dietz, avec une Introduction par M. Henry Martin. 1 vol. in-8.

POIRSON. — **Histoire de Henri IV**. (*Ouvrage qui a remporté le prix Gobert à l'Académie française.*) Nouvelle édition entièrement revue. T. III et IV.

V. COUSIN. — **La Jeunesse de Mazarin**. 1 vol. in-8.

J. J. AMPÈRE. — **Formation de la Langue française**. Nouv. édit. revue. 1 vol. in-8.

ÉDOUARD FOURNIER.—**Molière** au théâtre et chez lui. 1 vol.

ÉMILE SAISSET. — **Histoire du Scepticisme**. 2 vol. in-8.

AMÉDÉE THIERRY. — **Tableau de l'administration romaine** sous l'empire. 1 vol. in-8.

——**Nouveaux récits de l'Histoire romaine**. 1 vol.

DAREMBERG. — **Études sur l'histoire de la Médecine**. 1 vol.

PHILARÈTE CHASLES. —**Voyages d'un critique** à travers la vie et les livres. 2 vol.

BOILLOT.—**Histoire de l'astronomie au** XIXe **siècle**, 1 vol. in-12.

LA MORVONNAIS.—**La Thébaïde**, suivie d'autres poésies. 1 vol.

LEBRUN, de l'Académie française. — **Œuvres poétiques et dramatiques**. 4 vol. in-12.

ÉDEL. DU MÉRIL.—**Histoire de la Comédie dans l'Antiquité**. 1 v.

Le général CREULY et ALEX. BERTRAND. — **Commentaires de César : Guerre des Gaules**. Trad. et texte avec notes historiques et archéologiques. 2 vol. in-8.

C. FLAMMARION.—**Pluralité des Mondes habités**. 1 vol.

PEZZANI. — **Pluralité des existences**. 1 vol.

BAGUENAULT DE PUCHESSE. — **L'Immortalité**. 1 vol.

LE Dr MARY. — **Christianisme et libre examen**. Revue des principaux arguments des apologistes, etc 1 vol.

E. et J. de GONCOURT. — **La société française pendant la Révolution et le Directoire**, 2 vol.

Mme de *, née de SÉGUR**. — **Marie Leckzinska**, 1 vol.

LÉON LAGRANGE.—**Carle et Horace Vernet**, 1 vol. in-8.

Conférences littéraires de la salle Barthélemy, au profit des **Polonais**. 1 ou plusieurs vol.

Paris.— Imprimé chez Bonaventure et Ducessois, 55, quai des Augustins

www.ingramcontent.com/pod-product-compliance
Ingram Content Group UK Ltd.
Pitfield, Milton Keynes, MK11 3LW, UK
UKHW021208230726
13926UKWH00001B/376

9 782014 091618